KB120697

슬픈 연대

시작시인선 0362 슬픈 연대

**1판 1쇄 펴낸날** 2021년 1월 15일
**지은이** 강해림
**펴낸이** 이재무
**책임편집** 박은정
**편집디자인** 민성돈, 장덕진
**펴낸곳** (주)천년의시작
**등록번호** 제301-2012-033호
**등록일자** 2006년 1월 10일
**주소** (03132) 서울시 종로구 삼일대로32길 36 운현신화타워 502호
**전화** 02-723-8668
**팩스** 02-723-8630
**홈페이지** www.poempoem.com
**이메일** poemsijak@hanmail.net

ⓒ강해림, 2021, printed in Seoul, Korea

ISBN 978-89-6021-536-8 04810
      978-89-6021-069-1 04810(세트)

**값** 10,000원

*이 책은 2019년 아르코문학창작기금의 수혜를 받아 발간되었습니다.

# 슬픈 연대

강해림

천년의 시작

시인의 말


네 번째 시집을 묶는다


아궁이에서 막 긁어낸 재를 짚수세미에 묻혀
손톱 밑이 까매지도록
닦고 닦았다


7년
행려行旅에서 돌아와 부려놓은 것들치곤 왠지 옹색하다


그래도, 곳간을 비워 내고
봄 되면
다시 떠날 수 있는 마음이
홀가분하다



2020년 겨울
강해림

# 차 례

시인의 말

## 제1부

**제3부**

제1부

## 그토록


임종을 앞두고 끝내 말문을 닫은 엄마의 눈빛은 깊고 완강했는데, 아무도 들일 수 없는 빈 헛간처럼

세상에 온 적도 없고, 오지 않을 슬픔도 슬픔이어서

오랜 세월 지하 생활자였던 매미는 죽기 전에 짝짓기를 하려고 그토록 그악스럽게 울어대더니

어떤 신神은 형상이 누런 자루 같다 붉기가 빨간 불꽃 같고, 얼굴이 없다 다시, 산해경을 읽는 밤이면 신의 영역, 인간의 영역이 따로 없다 당신도 나도 반인반수다

그러니까, 그날 방 안에선 아무 일도 일어나지 않았다 고독사라고 말하지 마라 고독이란 결코 공개될 수 없는 것

비좁아 터진 닭장 속에 갇혀서도 닭들은 먹고 자고 배설하고 알을 낳고 서로 피 터지게 싸우기도 했는데

엉덩이 종기에 입을 대고 빨아도 지 새끼 건 더러운 줄 몰랐지 골병들어도 모르고 등골 빼먹어도 모르고

&gt;

바퀴벌레란 놈은 대가리가 잘려 나가도 스스로 신경을
차단해서 고통을 느끼지 못한다지 사랑을 잃고, 온몸에 가
시가 돋았는데

통점과 통점이, 서로 견딘다

# 거짓말

사과는 노랑
사과는 세모

내 눈동자에 비친 저것들은
실상일까
허상일까

전생은 어제 일처럼 환하고

내 뇌의 혈류는
가스통을 싣고 쌩쌩 달리는 오토바이처럼
겁이 없고
나쁜 기억만 있는 걸까

이왕이면 나쁜 감정을 좋은 감정으로
고통을 환희로 바꿔치기해서 느끼게 해주면 좋을 텐데

진실 게임은 눈빛을 마주 보고 해야 하는 거
파격적이거나 엽기적인 질문은 사절

\>

이유 없이 살의를 느끼고
이유 없이 불안한
시간의 입술을
위조지폐처럼 한꺼번에 폐기 처분할 순 없는 걸까

신은 가설일 뿐,
당신의 신을
하얀 거짓말이라고 부정하는 나도
부정하긴 마찬가지

가책도
속죄도 모르고
저 천진한 입술을 훔치고 싶어
안달하는

이단에서
이단으로 치닫는
내 말초신경에 핀 꽃들은
왜 꽃말이 없을까

>
이슬만 먹고 산

얼굴로

내게 거짓말을 해봐[*]

---

[*]『내게 거짓말을 해봐』: 장정일의 장편소설.

## 기생

나는 왜 살까
남에게 빌붙어 피나 빨아 먹으면서

기생도 기생 나름이라
웃음을 팔지언정 순정을 팔진 않았는데

남의 배 속에 낳은 알들이
종양처럼 자라
생살을 뚫고 나오는 끔찍한 고통을 아무 죄의식 없이 바
라보는
나는 누구의 악몽일까

생겨먹기를 몸의 대부분이 생식기라, 오로지 번식을 위해
번식의 도구를 자처한
나의 사랑은
축복일까
재앙일까

뻐꾸기란 놈은 남의 둥지에 알을 낳는데, 알에서 깨어난
놈이 눈도 뜨기 전에 맨 처음 하는 일이 살생이라는데

>

그토록 찬란했던 너라는 문명도 속수무책으로 이 지구상
에서 사라져갔지 산 사람의 심장을 꺼내고 목을 잘라 해와
달의 신전에 바치고 기원했건만, 나라는 질병 때문에


나를 열람하기만 해도
온몸이 가려워
미치고 폴짝 뛰다 물속에 뛰어들어 좀비로 만들어버리는
나는 누구의 표절이며
혹은, 위작일까


생각만 해도
더럽고
재수 없는

## 시멘트


좌익도 우익도 아닌 것이 돌처럼 서서히 굳어간다 침묵이 더 큰 침묵으로 덮어버리고 견딘다 이 숨쉬기조차 끊어버린,

내 안의 무수한 내가 반죽되고 결합 작용을 하느라 벌이는 사투를, 불화의 힘으로 고립된다 외롭지 않다

가슴에 철로 된 뼈를 박고 나는 꿈꾼다 불임의 땅을, 내 자궁 속 무덤에 태胎를 묻은, 위대한 건설을

나라는 극단을 위해 극단을 버린 내 비겁함을, 국경 없는 국경을 넘어가는

조작된 유전자처럼 내 안에 들어오면 감쪽같이 은폐된다 암매장된다 패륜의 저 뻔뻔한 얼굴도 살인의 추억도

불나방 같은 네온 불빛을 불러들이기 위해 밤 화장을 하고 더욱 요염해진다 도시는, 회색분자들이 장악한

사막에 홀로 피는 꽃처럼 오래 견딘 만큼 강렬해진 갈증

과 독기로 제 육체에 새기는 균열의 문장을


내 데스마스크의 창백한 입술에서 새어 나오는, 잿빛 글씨들

# 귀신고래를 기다리며

너는 진흙 얼굴
어둠을 견디고 응시하는 법, 새끼를 낳아 젖 물리고 수유
하는 법 가르쳐준 최초의

너는 이상한 음악
한 오라기의 빛도 스며들지 않는 바다 깊은 곳에서 타
전해 주던 소리의 영혼에 끌려 헤엄쳐 가지 너라는 작살
에 찔려

너는 나의 선사
시간이 사라지고, 뚜벅뚜벅 걷던 발목이 사라지자 지느
러미가 돋던 퇴화의 통증은 아직도 진화 중인데

너는 나의 신화
산 하나가 또 다른 산을 흠모해 불끈 솟아오르듯 수평선
을 찢고 튀어 올라 신화처럼 숨을 쉬던 싱싱한 허파는

너는 나의 고도,
대양의 꽃
바다엔 벌 나비 떼도 없고

>

오지 않을 줄 뻔히 알면서 널 기다려

귀신고래야

# 울음의 내부
―검은 오름에 들다

여자가 운다 삼킨 울음이 울음을 잡아먹는 줄 모르고

뜨겁고 시뻘건 것이, 목구멍까지 차올라 북받쳐 오는 물크덩한 핏덩이 같은 것이

울음과 울음이 만나 격렬하게 싸운다 부글부글 끓는다 불기둥이 솟고, 어떤 것은 소용돌이치면서 흘러가 붕괴했다가는 자멸하는

장곡사 누각에 큰북이 찢어져 구멍 난 채 매달려 있다 얼마나 울었는지 눈물 자국이 빤질빤질하다

꽃이라는 짐승이 모가지째 뚝뚝 떨어져서는 눈물을 질질 짜는 이 청승

담뱃불을 비벼 끄듯 소소한 감정들도 울대가 붉어졌다 안절부절못하고 난간 위로 뛰어올라 가질 않나 난폭해졌다 참고 참았던 울음의 징후가 있는 밤이면

간밤에 꾼 악몽처럼 끔찍한, 웃음에게 울음이 내쫓기다

막다른 골목에 퍼질러 앉아 펑펑 울고 있는


　검은 오름 가는 길은 흙도 돌도 숲도 검은빛, 음산하다 달의 음기가 해의 양기를 잡아먹는 형국인 문장들은 목덜미가 서늘해지지


　숲 음지에 천남성*이 지천이다 뱀 대가리처럼 고갤 빳빳이 쳐들고 서있는 저 꽃의 울음도 검은빛


　너는 뼈아픈 후회, 끝내 울음의 면사포를 씌워주지 못한


* 천남성: 양귀비가 죽을 때 마셨던 사약 재료로 쓰였음.

# 맹목

이백만 년도 더 된 동굴 호수에 물고기가 산다
눈이 없다

오래전에 퇴화해 버려 눈이 있던 자리가
푹 꺼져있다
폭격 맞은 집처럼

눈은 더 이상 볼 것이 없으므로
쓸모가 없으므로

어둠은 어둠이 아니었을 거야

그 최초의 어둠
동굴 입구가 막히고 그 안에 고립되어 살면서
어둠과 배 맞았을 거야

완전한 어둠 속에서 수수만년을
함께 뒹굴며
엉켜 살다 보면 시간이 가는지 오는지도 모른다는데

\>

안 보일수록
환한,

청맹과니
널 향한
나의 사랑이 그러했을 거야

이 도시 저 도시로 창궐하는
페스트처럼

막 불붙기 직전의
성냥개비처럼

파멸, 그 무모한
황홀처럼

# 미혹迷惑
## —유혈목이

꼬리를 잘리고도 달아나는 붉은 문장이었거나, 미혹迷惑의 슬픈 올가미였거나, 천형을 화관처럼 머리에 쓴

나는 아홉 번 죽었다가 열 번 다시 태어났다

나의 내면은 늘 에로틱한 상상으로 뜨겁지 어떤 날은 물과 불로, 또 어떤 날은 빛과 어둠으로

서로 체위를 바꿔가며 들끓는, 이상한 가역반응에 사로잡힌 발칙한 언어로 스스로 미끼가 되었지

저울 위의 고깃덩이처럼 어디가 입이고 항문인지, 금기와 배반의 이미지만 괄약근처럼 오므렸다 펼쳤다 하는

나는 한 마리 유혈목이, 금단의 땅에서 쫓겨난 이후로 아직 도착하지 않은 미지의 첫 문장이다

고통과 황홀은 한 종족이었던 것 불의 혓바닥에 감겨, 불의 고문을 견딘 것들 얼굴이 반짝반짝 광이 나는 걸 보면

>
너의 하얀 목덜미에 아름다운 낙인을 찍어주고 싶어 숨통
이 끊어지는 순간 퍼져가는, 맹독의

이 치명적인,

## 징후

붉은 비가 내렸다

상한 우유에 빵을 찍어 먹는 아침, 식탁에 백 년 후의 조간이 펼쳐져 있다

동맹이라도 한 듯 모든 견고한 것들의 흉곽이 녹아 흘러내리기 시작했다

만남과 이별이 유리창 하나 사이에서 모호해졌다

어항 속에 근친상간한 물고기들이 늘어나 더 이상 헤엄쳐 다닐 데가 없다

낡은 피를 쏟아내듯 붉은 것만 보면 훔치고 싶어 안달 났다 달의 습격이 미치게 그리운 날은

인간의 감정에 내장된 만능칩 하나로 감정 조절이 가능해졌다

쓰레기 매립장이 넘쳐 나고 썩어도 썩지 않는 대용량의

분노가 필요했다


　장례식장이 장례예식장으로 바뀐 이후로 죽음에 대해 우
아하게 말하는 법을 배워야 했다


　싱크홀 속으로 엄마가 사라졌다 눈 깜짝할 사이에,


　희망이라는 벌 떼가 자기 전복을 위해 날아들었다


　머지않아 아름다운 날들이 도래할 것이다

비


너는, 태양의 백한 번째 연인

색깔도 냄새도 없는 시간의 유목

한기도 온기도 아닌 입 없는 감정들

지붕에서 처마 밑으로, 하수구로 정처 없이 흘러가는 불
취불귀의 슬픔

세상에서 가장 긴 문장

검은 관 위로 억수같이 쏟아지는 비애, 혹은 눈물

세상의 모든 은유

오래된 레코드판에서 지지거리며 흘러나오자마자 사라
지는 단조들

무시무종無始無終의 강

>

가는 철사처럼 수직으로만 뛰어내리는 위험한 음표들,
영혼들, 이상한 날의 이상한 기호들


너라는 환幻, 무덤까지 가지고 갈

## 슬픔에게

한밤중에 쓰레기를 버리려고 아파트 쓰레기 분리수거장을 들어서는데 센서 등이 켜지더니 후다다닥 달아나는

너를 꿰매고 봉합할 때마다 막소금을 뿌린 듯 쓰리고 아프더니

무정란처럼 둥그스름하고도 창백한 빛 그렁그렁 풀어내는* 너의 방은 따뜻했지

붉은 달빛 홍건한, 비릿한 달거리에서 폐경까지 슬픔은 무시래기처럼 늙어도 늙지 않는데

철제 감금 틀 속에서 옴짝달싹 못 한 채 갇혀 인공수정과 출산을 반복하는 돼지처럼 너도 전생에 축생이었을 거라 그렇지 않고선

납골당 유골함 앞에 알록달록한 조화들이 놓여 있다 저온기 없는 애도가 천편일률적이어서 슬프다 슬프지 않다

복사기에서 검은 활자들이 일렬횡대로 밀려 나온다 어

둠의 행로를 따라 줄줄 흘러나오는 복제된 슬픔들, 버튼
만 누르면

　억누르려고 하면 더욱 북받쳐 오는 것 아무리 구덩이를
깊게 파고 묻어도 악취가 진동을 한다

　더 이상 묻을 데가 없다

* 졸시 「내 안의 필라멘트」에서.

# 금기

내가 버린 인형들이 날 찾아왔어요
그 목각 인형도

악몽을 꾸다 깨어났는데 여전히 꿈속이었어요
죽어도, 죽어도 나는 살아났죠

한 많은 것들은 죽어서
어디로 가나요
무자귀, 달걀귀신, 몽달귀신, 목 없는 귀신, 물귀신, 구
미호, 어둑시니, 두억시니……
그중에서도 달걀귀신이 제일 무섭죠
얼굴 없는

잠은 깊을수록
물귀신 같고

죽은 자에게 말을 거는 순간 악령의 저주가 시작된다는데
들은 것을 말하지 말고
본 것을 기억하지도 말라는데

\>

텔레비전 앞에서 꿈에 나타날까 봐

무서워 이불을 뒤집어쓰고 '전설의 고향'을 보는 거나

무덤을 파헤쳐서라도

보고 싶고 알고 싶은 건 순전히 호기심 때문인데요


달 속엔 정말 옥토끼가 살고 있는지

사슴 발자국 같은

천부경 여든한 자는 왜 입속에서만 맴도는지


신령스러운 말씀 같은

달빛 아래

귀신과 입맞춤을 했어요


이

제

나

는

어

디

로

가
나
요

# 세상의 모든 음악


한 무리의 구름들이 지뢰를 안고 간다 운구 행렬을 따라
가듯 흘러가는 구름 군단들, 안단테 혹은 아다지오로


아파트 놀이터 어둠 속에서 미끄럼틀이랑 시소, 그네가
제각기 다른 음역대로 외로움을 견디고 있다


한 음音을 살해하고 나면 또 다른 음이 살아나고, 당신과
나 그리고 도시의 소음들, 불협화음들


비가 억수같이 퍼붓는데, 비의 악보는 소리 없이 젖는데


고물상 빈터에 고철 더미며 빈 병들, 온갖 잡동사니가
쌓여 있다 깨지고 찌그러지고 녹슨 것들이 연주하는 정오
의 버스킹


누군 연애처럼 시를 쓴다고 했고, 나는 전쟁처럼 쓴다고
했다 격전의 밤이면, 나는 조율된다 포화가 피어오르고, 전
운이 돌아


날 사랑하지 않은 당신, 휘파람 소리

제2부

# 묘생

도시는 슬프다

라고, 쓰는 생生은 생존이 아니라 투쟁이었으므로

아직 살아있다는 건

슬픈 루머*


누군 내 눈에서 별똥별을,

누군 불탄 마녀를 읽고 간다고 했으니

비대칭의


나는 의심이 많아

고독한 족속


눈에 보이는 것은 도무지 믿을 수 없으므로


꽃나무 아래든, 낯선 골목길 지린내 나는 담벼락 아래든

몽유에 빠져들지

스르르 눈꺼풀이 무거워지고

수면 위로

졸음이 물수제비뜨면

비참의, 지독한 말더듬 같은
생生이
내게 던져준 몽상의 뼈다귀는 맛있지

꿈속에서조차 쫓고
쫓기고

목숨은
텅 빈 창자가 쫄쫄거릴수록 저 홀로 빛나나
바라보기만 해도 아슬아슬한 담장이거나 난간만 보면
훌쩍 뛰어오르고 싶고
난독의 문장은
위기일발, 위험할수록 아름답나

발정 나
우나

아무도 그립지 않으면서

## 날마다 신화는 업그레이드되고 있다


영원히 늙지 않고 죽지 않아서 신이다 불멸이어서 신이다 신들이 마셨다는 천상의 술을 훔칠 수만 있다면 당신도 나도 불멸일 텐데

태초의 신 카오스는 스스로 존재했다 사랑의 결합 없이 태어나 낮과 밤도, 땅과 바다 경계도 없이 잡탕인 무정형의 덩어리로

명화 속의 신들은 에로틱하다 풍만한 가슴을 드러내거나 근육질의 벌거벗은 몸들을 보며 원초적인 문장에 대해 골몰하는 밤

돌무더기와 기둥만 남아 서있는 신전, 텅 빈 폐허가 연주하는 고통과 형벌, 영광의 트라이앵글

막장 드라마 같은 애정 행각도, 인간 세상이라면 돌 맞아 죽을 패륜이나 근친상간도 신이니까, 신들의 족보는 일목요연해서 신들도 보시기에 좋겠다

나무도 천 년을 살다 보면 이미 신이다 스스로 상처를 싸

매고 봉합할 줄 안다 솥을 걸고, 돼지 멱따는 소리가 온 산
을 쩌렁쩌렁 울릴 때 슬슬 강신하시는 것이었는데, 내소사
늙은 느티나무는

　누구든 신들의 비밀을 누설한 자는 영원한 갈증과 허기에
시달리리라는 건 불문율

　잘못된 신탁을 받았지 거부하고 싶었지만 거역할 수가 없
었어 신의 뜻이었기에

메테오라*
―당신을 믿겠지만, 믿음을 남용하진 마라


공중에 떠있는 듯, 벼랑 끝에 봉쇄수도원이 있다

오로지 신과 가장 가까운 곳에 가기 위해 목숨 걸고 기어
올랐을 기암절벽의 저 아찔한

눈 코 입도 없고 사지도 없는 짐승처럼 웅크린 어둠은 춥
고 무서웠겠지만

그대가 누구든 복종이라는 가장 강하고 빛나는 무기를 집
어 들라는** 음성은 낮고 따뜻했을 것이다

살아서 올라갔지만 죽어서도 내려올 수 없는 곳, 계단 옆
유골 방에는 유골들이 가지런히 놓여 있다 어떤 해골은 불
그스름하고 어떤 해골은 희끄무레하다

구원이라고 믿는 순간부터 그 많은 생이별과, 스스로 위
리안치시키느라 심은 탱자나무 열매가 골백번도 더 떨어져
굴러갔을 동서남북과

죽다 깨어나도 나는 당신의 신을 모르고, 불경의 언어가

언어를 불러 모으는 새벽

　나의 성소에 바치는 거짓 서약들

* 메테오라: 그리스 중세 기도원.
** 움베르토 에코의 『장미의 이름』 중에서.

## 불의 묵시록


변화무쌍한 당신, 이라고 쓴다

죽은 듯, 백 년이고 이백 년이고 뜨겁게 판을 달구느라 안
으로만 펄펄 끓고 있는 불의 고리는

낫으로 허리를 찍어봐라 내 안의 마그마, 순결한 분노의
질주를 멈출 순 없는 것

더 이상 먹을 것이 없어지면 자기 자신마저도 삼켜버리
지 어둠을 향해 미친 듯이 돌진하는 성난 하이에나 혹은,
빛의 전사

유황 냄새 비릿한 흰 연기 사이로 그토록 격렬했던 당신
을 본 것 같기도 했어 새벽, 미열로 남아 화끈거리는 당신
이라는 화흔火痕

불기둥이 치솟고, 불의 땅이 요동쳤지 균열과 균열 사
이로 시뻘건 불덩이가, 불의 짐승들이 일사불란하게 달려
갔어

>

　따뜻한 밥을 짓고 향을 피우던 손으로 활활, 태우고 또
태우던

　부디, 다 타고 아무것도 남지 않기를

## 슬픈 연대

창 없이 방패만 들고 있으라니 이건 너무 불공평하잖아

눈만 마주쳐도 화살처럼 이것이 들어와 고열이 나고 눈이 멀어버리지 재난 문자처럼 찾아온 봄, 너도

어제는 서로 사랑했는데, 우린 슬픈 공범자야 찍찍, 쥐 새끼처럼 울어도 소용없는 밤의 염증이며 부스럼이야 마 마 자국이야

역귀가 들면 부적을 붙이든가 굿이나 하지 복숭아나무 가 지로 죽도록 후려치든지

축축하고 따뜻한 입술이, 입술에 닿지 않도록*

너를 복사하고 삭제하기를 거듭하는 동안 감염된, 병고 나 죽음도 운수소관

죽은 자는 산 자의 밥상 뒤에서 순서를 기다리느라 허기 가 지고, 산 것이든 죽은 것이든 닥치는 대로 먹어치우는데 도, 이놈의 염병할

>

아무것도 만지지 말고 누구도 만나지 말라는데


먹이를 찾아 텅 빈 거리로 출몰하는 짐승들처럼 어디든
가고 싶은데, 기차는 8시에 떠나는데


아파도 아프지 않은, 슬픈 연대는


* 카뮈의 『페스트』에서 인용.

## 상속자들

인적 끊긴 골목길. 부서진 집 잔해 더미에 찌그러진 양은 냄비며 살림살이들이 거꾸로 처박혀 있다 폭격 맞은 듯

썩은 무처럼 집들이 뽑혀 나간 자리, 방은 없다 다 박살 나버렸다 아랫도리 가려줄 거 하나 없이 휑한

방의 내장이 드러난 곳마다 묽은 핏물이 배어 나오고 있다 꽃무늬 천장 벽지가 폭삭 내려앉으면서 내지른 외마디 비명 같은

한쪽에선 협박과 욕설로 깽판 치고, 다른 한쪽에선 짐승처럼 내몰리면서 발악하던 싸움의 기록만 남아

비참과 분노로 얼룩진 방의 내부로 폐허가 제 세상을 만난 양 영역을 넓혀 가고 있다 주인 없는 마당가, 능소화가 홀로 눈부시고

저 산동네 골목길만큼이나 가파른 삶을 숨이 차올라 몇 번이고 멈추어 서곤 하던, 떠날 사람 다 떠나고

&gt;

음지가 음지를, 가난이 가난을 대물림하듯 질긴 사슬 끊지 못하고 생매장된 것들 무덤 너머로

당신들의 천국이 건설되고 있다

부음


한 시인의 부음이 카톡으로 날아들었다


카톡, 카톡, 할 때마다
'삼가 고인의 명복을 빕니다'
댓글이 이어지고
창밖에는 흰 눈이 내린다


악마 같은 자본의 시대에 스스로 악마가 되었던 불온한
시인
막말로, 거친 시어로
세상을 조롱하고 맞짱 뜨고
개판 치던


술이 늘 그를 붙들고 있었고 뜨거웠건만
아무도 곁에 없었던 시인
그가 있는 자리는 늘 활극이 벌어져 피가 튀고 술상이 엎
어졌다
누구든 타깃이 되기만 하면
미친 이빨을 드러내고 달려들던

\>

눈이 내린다

이제

과거형이 되어버린 그가 세상을 향해 퍼부은

쌍욕 같은 눈이


분열하는 눈이

야수와 같은 눈을 뜨고

으르렁거리며 스스로를 추문화시키고 극한까지 가려고

밤새도록 펑펑

흰 눈이

# 너의 이름은 블랙

너는 내가 모르는 계절, 오는 것도 아니고 가는 것도 아닌 것이

너는 성聖과 속俗, 어쩌다 천사 어쩌다 악마

너는 슬픈 열대, 태양의 관자놀이에 방아쇠를 잡아당기는 순간 캄캄한 분노의 포도는 달콤했으나

너는 검은 계율 혹은 빛의 사제司祭, 내 미천한 언어의 스펙트럼으론 도저히 가 닿을 수 없는

너는 검은 방, 불법 체류자처럼 어둠의 경로를 거쳐 온 것들은 결국 네게로 흘러들고

너는 죽은 자들의 백과전서*, 죽음, 공포, 우울, 배신, 장엄, 역병, 분노, 냉혹, 상실 등등 검은 말들로 가득하지

너는 검은 증언, 죽음을 증명하기 위해 스스로 무덤을 파고 진실의 미궁 속으로 갇혀버렸는데

&gt;

너는 모래 폭풍, 너의 고요한 입술이 입술을 덮쳐 버리자
순식간에 사라져버린

폐허가 눈부시고

* 『죽은 자들의 백과전서』: 다닐로 키슈.

사바사나


바닥에 누워
온몸의 근육을 풀고 가장 편한 자세로
(팔다리를 쩍 벌리고)
시체처럼 누웠다

요가의 마무리 단계에서 하는 수련 동작인데
일명, 시체 자세 혹은
송장 자세다

숨을 툭, 떨어트리자
몸의 움직임
마음의 작용 모두 정지되었다

108 염주 알이 사방팔방으로 흩어져 굴러간다

'인간'을 산스크리트어로 '둘라밤' 즉, '매우 얻기 힘든 기
회'라고 하는데
  그도 그럴 것이
  인간의 몸을 받아 환생하려면 8천4백만 번의 윤회를 거
쳐야 한다는데

\>

자동차나 여객기, 우주왕복선을 만드는 데 들어간 부속
품보다
더 복잡한 신체 기관들이 동맹파업을 선언하고
작동을 멈추었다

울고 웃고
꿈을 꾸고, 당신을 보면 심장이 뛰고
눈물 콧물이 나던,
무중력의

우주가 참 조용하다

# 지렁이에 대한 명상

아스팔트 위에 부러진 나뭇가지 같기도 하고 축 늘어진 고무줄 같기도 한 것이 떨어져 있다 꿈틀, 한다

세상에서 가장 단순 무식한 문장 같다 눈도 코도 귀도 없고 아무리 급해도 뛰어서 달아날 다리도 없다 입과 항문, 주어와 서술어만 있다

참 애 터지게 느리게도 쓴다 오체투지 하듯 움츠렸다 펼쳤다 하면서, 온몸을 꾹꾹 눌러가며 제 딴엔 거의 필사적이다

궤도 이탈이란 얼마나 근사한 꿈이냐 두리번거리며 모르는 길을 간다는 것은, 풀밭 너머 그곳이 사막인지 황천길인지도 모르고

꼬리가 잘려 나가도 다시 살아나듯, 생은 재생될 수 없는 것

그 단순한 진리도, 자웅동체라 사랑도 모르는 것이 뜨겁게 달구어진 아스팔트 위를 기어간다 한 뼘이 만 리나 된

다는 듯

쌩쌩 차들이 달린다

저기, 저, 조금 전까지 생명이었던 것이 납작하다 순식간
이다 주검으로 완성되는 건

바람만 아는

# 냄새의 기원

그는 죽은 지 열흘이 지나서야
악취를 풍기며
싸늘한 시신으로 발견되었다

거실 전기장판과 이불에
그가 토해 놓은 피의 건조 상태와
병원에서 퇴원 처방받은 약봉지의 날짜로 사망한 날을
추정해 볼 뿐
사인은 부검에 부쳐져야 했다

부패가 진행되자 주검이 피워 대는 냄새는
피를 토하고 혼자 외롭게 숨져 간
그 절박한 순간의
마지막 목격자인 창문에 갇혀 온 집 안을 진동하다가 급
기야는
베란다로 소릴 지르며 뛰쳐나갔던 것인데

산다는 건 냄새를 피워 대는 일이야

희로애락이란 감정의 노예가 되어 질질 끌려다닐 때

검문소 검문에 걸려 덜컥,

들통날 때

고통과 짝짓기할 때

내 몸이 내지르던


그 많은 냄새는 다 어디 갔을까

# 번개

갈등과 불화로 태어난
번개는 외로워

상승과 분열을 꿈꾸던 자궁 속은 따뜻했으나
꽃의 눈꺼풀이 닫히자
깔딱, 숨넘어가는 찰나를
사는

찰나의 섬광으로 그가 내게로 오는 순간이 있네

내 안의 빛과 어둠,
긍정과 부정이 서로 경계를 풀고 무심히 젖어드는 어느
한때
첫 키스처럼 기습적으로

태풍의 눈을 지나
한랭전선을 몰고
모반의 시간, 번쩍번쩍 빛나는 고요의 선혈로
천둥 후렴구로

&gt;

내 안에 사무치고 사무쳐서 백 년 묵은 구렁이보다 더 징
그러운

사무친 것이 있어

울컥, 살 떨리는

전율로

# 칼이 웃는다

칼은 침묵
칼은 영광
칼이 칼을 부른다
죽음의 태평성대를 위해

막 숫돌에 간
저것으로 날렵하게 목을 따고
아직 따끈따끈한 심장을 도려내고 토막 내어 비닐 끈을 잘라
죽음을 완성하던

칼의 문장은 아름답다
피 한 방울 묻히지 않고
껍질을 벗기고
저며서 분홍 속살, 비의秘義가 드러난

칼이 칼을 버린다
칼이 웃는다
저 웃음이 사라지고 나면
은유와 상징만 남지

&gt;
불의 도시
투루판 가는 길에
노점 평상에 퍼질러 앉아 허겁지겁 먹던 수박처럼 먹고
나면 씨앗만 남던

돌아서면
갈증이
갈증을 부르는

## 경계는 투명하다


목하, 카페 할리스는 더위를 피해
혼자 커피 마시고
혼자 음악 듣고
혼자 책 보는 나 홀로 피서객(?)들로 붐빈다
조용하다

그러다가 테이블을 넘어오는 대화들로 방해를 받기도 하지만
그건 주객이 전도된 양상

오히려 그들에겐 이 층 계단을 밟고
들어서는 순간
공부방 같은 이 분위기가 머쓱하진 않았을까

어쨌거나 이곳은
카페라테처럼 달달한 만남과 대화의 장소이니 만큼
잡음(?)은 끼어들기 마련

귀에 슬그머니 이어폰까지 꽂고 하던 일에 집중하다 보면
타인과 나 사이,
음악은

경계를 위한 가장 안전한 장치가 되어 흐르고

창밖은 폭염주의보가 내려 푹푹 찌는데
통유리를 사이에 두고
에어컨 냉기가 리듬도 소리도 없이
흘러

안과 밖은
극과 극

# 색을 띠다


장롱 속에서 겨울옷들이 쏟아져 나왔다

연극이 끝나고
분장실 바닥에
뱀 허물 벗듯 훌러덩 벗어둔

건드리지 마
가까이 다가오지도 마
내 몸에서 나쁜 냄새가 날 테니까

빨강처럼 사악하고
노랑처럼 아찔한
색을 띠고

굶주린 달이거나
아직 태어나지 않은 꽃의 입술이거나
맑은 이슬
독을 찾아가는 내 슬픈 더듬이는

우화등선이란 나로부터 멀리멀리 도망쳐 날아가는 일일 텐데

&gt;

널 유혹하기 위해

화장을 고치는

천적처럼 찾아온 아름다운 봄날에


다시, 옷걸이에 걸며

좀먹지 말라고

새로 산 나프탈렌에 물먹는하마까지 챙겨 넣곤

장롱 문을 꼭 닫았다

제3부

# 마스크

당신은 흑,
나는 백

애써 눈 마주치지 않고
외면하면서 스쳐 지나가는 낯선 기호들,
무인칭의

사이렌 소리도 없이 앰뷸런스를 타고 온
봄은
꽃 소식 대신
흉흉한 소문만 난분분하고

성급한 꽃나무는 서둘러 꽃망울을 터뜨려 대다가
미열과 호흡곤란을 호소했으나
다가갈 수가 없었다

도무지 걷잡을 수 없는 속도로 산불이 번져가듯 역병이
창궐한
도시는, 텅 비었다
적막하다

복병처럼 공포와 불안의 불씨를 숨기고


상점 셔터 문처럼 굳게 닫힌
마스크도 흑과 백,
이왕이면 빨강 노랑 파랑이면 덜 꿀꿀할 텐데


어쩌다 마주치는
당신은 나에게
나는 당신의, 오래된 증상


AP통신은 묘지로 가는 길이란 길은 모조리 봉쇄되었다
고 전하고
어쨌거나, 꽃은 피고
지고


'셧다운' '4월 도산설' 운운하면서 위기의 꽃잎이
흩날리는


이마엔, 부적

>

외투에

마스크까지 쓴 이상한

봄은

# 고독이 말 걸어왔다

당신과 나 사이
거리는 2미터
아니, 더 멀어질수록 좋아

국경이 닫히고
한번도 가지 못한 길이 생겨나고

클라우드 대이동이 시작되었지

마스크 속으로 입들이 갇히자
욕하고 비난하고 가시로
박히던 말, 말, 말들이 사라져갔지 구름을 타고 디아스
포라가 되어

하늘은 푸르고 청명했지

어제는 네게서
오늘은 내게서 계좌 이체되는
미처 전하지 못한 안부들

\>

무인 계산기

무인 판매대가 늘어갈수록

'없는 사람'이 늘어나고

아파트 쓰레기 분리수거함에 쌓인 쓰레기들만큼이나

그동안 먹고 마시고

소모한 감정들, 얽히고설킨

관계들

한 시절 참 다정했는데

무소식이 희소식이거니 끈 떨어진 가오리연이거나

관객도 환호도 없는

무대 위에서 부르는 너의 노래거나

나 야반도주할 때

두고 온 고무신 한 짝이거나

# 밀봉
―깡통 속에서

　스스로를 장사 지내고 관 뚜껑 같은 방에 나는 담겨 있다
단 한 번도 발설되지 않은 죽음의 자궁 속은 늪이다 유폐된
다는 건 날 방사放射하는 일, 깡통처럼 대답은 없고 질문만
던져지는 허공을 닮아가는 일, 이제 살아서 내 것이었던 것
들은 없다 손가락뼈가 으스러지도록 두드려대던 헛된 노크
도 날 벌세울 벽도 없다 나는 사망함으로써 사망死亡하기 시
작한다* 적막이 수의처럼 날 덮어 죽은 심장이 뛰고 눈과 귀
가 열린다 환하다 진공의 방, 없는 공기처럼 나는 아무 데
나 있고 아무 데도 없다 가공한 몸이 피워 대는 고독은 결코
부패하지 않는다 유통기한이 없다 아무 데서나 살 수 있고
대량 생산할 순 있어도 고독의 질량을 눈속임할 순 없는 것
상상만으로도 무한 리필되는
　깡통 속에는 빈말들로 가득하다

* 박상륭의 『죽음의 한 연구』에서.

# 실패한 시인

도대체 성공과 실패의 경계가 어디인지도 모르면서
(성공이란 단어도 싫어하지만)
스스로 '실패한 시인'이라고 치부하며 살았다
그랬건만, 시가 아니면 다 시시했다
실패도 중독된다
중독은 맛있다
먹어본 사람만이 안다 벌받고 싶고, 벌받은 혀로 징역 살고 싶고
인간의 언어로는 도저히 말할 수 없는
유리 부스러기 같은 침묵의 틈새로 스며들기 위해
혀라도 잘라야 했다
고통과 희열, 이종교배로 태어난 말의 혀에서 이끼가 돋았다
말더듬이가 되어 어눌하고 더듬거리며 다가가다가도
먹이가 던져지면 독수리처럼 맹렬해졌다
통증이란 윤활유를 바르고
실패가 실패의 바퀴를 굴린다
쌩쌩
즐겁게 달려간다

## 발의 반란


살면서
한 번도 푸대접한다거나 혹사한다는 생각을 해본 적 없는
발이 반란을 일으켰다

발은 그동안 얼마나 걷고 걸었을까
그 많은 이동 경로를 기억이나 하고 있을까

통증과의 전쟁이 시작되고 나서야 지극정성인들
발은 발인 것
살아있는 한
발의 임무를 저버릴 순 없는 것

개와 고양이 같은 동물들이 네 발로 움직일 때
인간은
두 발로 걸어 다님으로써
두 손의 자유를 얻었던 것인데

어느 발레리나의 발 사진을 본 적 있는데

희귀병을 앓고 있는 사람의 발도 아니고

조작한 엽기 사진은 더더욱 아닌데

발가락마다 툭툭 뼈가 불거지고 발톱은 대부분 뭉개져
있거나

빠져버린


한 인간의 발이

분홍 토슈즈 안에서 그토록 끔찍하게 망가진 대가로

한 마리 백조처럼

춤출 수 있었던 것인데


발의 왕국

왕은, 외롭다

블랙리스트


장미가 꽃 피우기를 거부하고 묵언 시위를 했더니

동네 약국의 약들이 서로 색깔과 출신 성분이 다르다고 같은 진열장에 있기를 거부했는데

산에 가서 물고기를 찾고 강에 가서 나무를 찾았더니 불순분자라나 뭐라나

손바닥으로 하늘을 가리고 시치밀 뚝 떼었더니

혹자는 길들여지지 않은 눈을 두려워했으므로, 퇴폐라는 딱지를 붙여 버렸는데

먹구름들끼리 심심해서 삼삼오오 몰려다녔는데 수상한 거래의 정황이 포착되었다나 어쨌다나

검열에 걸리고도 의기투합한 문장들이 조롱과 풍자로 누군가의 심기를 불편하게 했다고

밤의 기밀문서를 빼돌린 손목들은 대부분 화사했는데 자

고 일어나니 주홍 글씨가 새겨지고

머리에 빨강 물을 들이고 집회에 나갔더니, 아 글쎄

# 지뢰
―두타연* 가는 길


전쟁과 평화
고요와 불안은 암수 홀몸인
자웅동체였으니

내 안의 전쟁과 평화
고요와 불안으로 개화하는

발목이며 머리통, 여차하면 목숨까지 넝마로 날려 버리고
폭발하듯
꽃피는 거 순간이야

불특정 다수를 향한
살의를 고요로 위장한
섬뜩한

십 년이고 이십 년이고
낮인지 밤인지 분간할 수도 없는 어둠의 동어반복에 젖
어 살다 보면
눈 귀도 생기고 숨도 붙는 거라

>
철조망을 사이에 두고
이쪽
저쪽

이데올로기의 똥구녕을 핥으며 꼬릴 흔드는 개처럼
컹컹 짖을 수도
혁명 전야를
선언할 수도 없지만

나는 위기의 꽃

매 순간 일촉즉발의
위기를 사는

누가 여기 나를 심었을까?

* 두타연: 50여 년 동안 민간인 출입 통제구역이었으며 금강산 가는 길
  목에 있음.

나는 소비한다 고로 존재한다



나비는 꽃나무가 되고 싶고
꽃나무는
나비가 되어 훨훨 날아다니고 싶고

옷장 속엔
태그도 떼지 않은 시간이 넘쳐 나는데요
생리통처럼 찾아오는
욕망이 욕망을 불러 바겐세일 하는 날이면
쇼핑을 가죠

소비의 사원 속으로

군중 속의 고독을 쇼핑하는 저 많은 순례자들
자동문을 통과하는 순간
가슴은 뛰고 흥분되죠
케르겔렌 군도의 섬처럼 망망대해에 몸을 맡기고 떠있는,
혹은 걸어가는

안과 밖은 천지 차이예요
이곳에는 신용불량자든 땡전 한 푼 없는 거지든 상관없죠

고객은 왕이니까요
바깥세상에서 그토록 간절히 원하고
오매불망했던 것들
쇼핑백에 담으며

룰루랄라

고독한,

# 가짜 뉴스


지들 빼고 다 나쁘지
종북 좌빨들이지

어미 아비도 모르고 생겨난
가짜는 힘이 세지
진실을 바짝 긴장시키지

유령처럼 뒤에 숨어서 선동하고
세뇌시키고
분열시키고

육하원칙으로 차려진 말의 성찬은 독이 있어도
믿으니까
믿어 의심치 않으니까

개돼지들도 가짜에 열광하지

진짜보다
더 진짜 같은, 거짓 소문일수록 솔깃하고
잔인하게 퍼져나가지

>
막말과 조롱으로 짓밟고
물어뜯고 확인 사살까지 하고 나서야 슬그머니 놓아주는
저 야비한

단 한 번의 클릭으로
더 멀리
더 빠르게

## 피싱

13일의 금요일
파리는 IS전사들의 동시다발 테러로 순식간에 악몽의 도
시가 되었다
인질극이 벌어지고
무차별 난사로 아비규환의 극단에서 극단으로 치닫던

다음 날
서울 광화문광장에서 전국 노동자 대회가 열렸다
성난 시위대는 한 손엔 횃불을
다른 한 손엔 죽창과 쇠 파이프를 휘둘러 대고
물대포에 최루탄 연기로 아수라장이 된

그날 밤
컴퓨터가 반란을 일으켰다
미친 군중처럼
갑자기 쇼핑몰이란 쇼핑몰은 다 뛰쳐나오고
보험 홍보에 이상한 사이트까지 미친년 널뛰듯 뜨더니
아무리 지워도
금세 새로운 창이 뜬다

\>

누군가 던져둔 미끼를 덥석 문 것인데
그물망에 걸려
빠져나오려 바동거릴수록 힘만 빠진다

꼼짝없이 죽었다

# 폐차 천사


도축장에 끌려온 소처럼
불안해하거나 공포에 떨지 않아도 돼
고통 없이 안락사시켜 줄 거야
과속도 추월도 없는 천국으로


붉은 녹물 말라붙은 흔적 선명한 폐차장 공터에
잘나고 못난 놈 없이
뭉개고 깔고 앉아
제 차례가 오기만을 기다리느라 지루하기도 하겠지만


내장이 터져 나가고
형체도 없이 온전히 망가지느라 피멍이 들도록 흠씬 두
들겨 맞을 때
가짜가 아니라
비로소 진짜가 된 느낌


폐차장 프레스기에 깔리는 순간
온 세상이 납작해지는 걸 느낄 거야
몰래 한 사랑도, 목숨 걸고 질주하던 생의 비의秘義도

영영 풀리지 않을


저 압축 파일

# 놈


피의 수사修辭
피의 진리만을 믿는 놈
피 묻은 송곳니 끝
할딱거리는 숨통을 느끼는 순간 쾌감을 느끼는 놈


강한 놈한테만 꼬리를 흔들고
권력의 엉덩이를 핥고 빠는
능수능란한 혀를 가진 놈
방금 눈앞에서 지 새끼를 물어뜯어 죽인 놈한테 순순히
몸을 주는
뼛속까지 비정한


놈이
청도 군불로* 우리 속에 갇혀있다
구경꾼들만 오가다 기웃거릴 뿐
염천의 후끈거리는 철조망 속
놈의 남자였던 또 다른 놈과 함께 서로 등 돌린 채 축 늘
어져서
바라보는 눈동자엔 초원은 없다

>
햇볕은 쨍쨍
맹렬하고

파리 떼가 날아들어 귀찮게 굴어도 미동도 않는
꼬리 내린 시간
포효가 조용하다

* 군불로: 경북 청도에 있는 리조트 겸 찜질방.

# 신방에 들다

콧구멍 속으로
쥐새끼도 아닌 것이 들어와 박박 긁어대더니
두개골까지 구멍을 뚫고 뇌수까지 몽땅 꺼내 갔다
머릿속이 텅 비었다

이번에는 옆구리에 구멍을 내고
간이며 내장들을 꺼내 갔다
심장만 달랑 남겨 두고

종려나무 술로 몸속 구석구석 은밀한 곳까지 씻겨지고
방부제가 뿌려지고
막소금으로 꼭꼭 채워진 채 건어물처럼 말라간다

둘둘 붕대가 감긴다

죽은 심장이 뛰고
홍등을 켜놓은 듯
환한 주검*이
주검을 불러 후끈 달아올랐다

&gt;

신방神房에 들었다

＊ 주검: 미라.

# 끝내 버리지 못하고 가지고 갈

엄마는 호스피스 병동 침대에 누워
허공만 멍하니 바라보고 있다

구십 노구의 앙상한 몸에 링거 줄이며
오줌 줄을 주렁주렁 달고 말문마저 닫아버렸다

설상가상으로
엉치뼈 부근에 욕창까지 생겨 시커멓게 썩어들어 가는데도
무표정하다

방울방울 링거액이 흘러 드는 봄날은 꽃들의 표정도 몽
롱하고
저 투명한 액체는
어떤 꽃의 목숨에서 뽑아낸 것이기에
극심한 통증까지 죽이나

가까스로 쥐고 있던 정신 줄마저 다 놓아버렸나 했는데
간호사가 기저귀를 갈려고 아랫도리를 들추자
탁,
손을 탈치더니 말문이 터져

한마디, 중얼거린다

'나 참, 남사스러버……'

제4부

# 발효
## —진달래 꽃말에 바치다

　연분홍 살빛이 살빛을 불러 화전 부쳐 먹는 밤인데요 안 방 아랫목에선 항아리가 이불을 뒤집어쓰고 술이 익어가고 요 분홍은 아직 태어나지 않은 새의 발목 닮은 색, 이팔청춘 내 병의 색인데요 이승도 저승도 아니고, 죽어 중음中陰에 들면 그곳 꽃밭에 핀다는 꽃, 뼈살이 살살이 혼살이…… 환 생꽃도 아닌 것이 날 살게 한 색, 막 부풀어 오른 젖망울 수 줍은 내 불안의 색인데요 툭 건드리면 터질 것 같은, 만개滿 開한 병의 징후가 이 산 저 산 창궐하구요 밤새 잠 못 이루 고 뒤척이던 새벽달 작두날이 붉은데요 금방이라도 부글부 글 끓어넘칠 것 같아 위험한, 가시내는

# 다락방

밤이면 쥐새끼들이 놀러 와
천장에서 소란을 피워 대고
먼지 쌓인 잡동사니 사이로 바퀴벌레들이 출몰하기도 했지만
내겐 작은 왕국

30촉 백열등 희미한
불빛 아래 앉아서 일기며 낙서 같은 걸 끄적거리며
혼자 있는 자의
은밀한 즐거움을 처음 느꼈던

서랍만 하나
달랑 달려 있을 뿐인 작은 앉은뱅이 나무 책상이
유일한 내 친구

내 최초의 유형지

신의 식탁에서 쫓겨난 벌받은 것들은
외롭고
높고
쓸쓸하고

&gt;

어쩌라고 아름다운 것들은 아득히 머나먼 어둠 속에서 혼
자 놀고 있는지


창 너머

깜박깜박 알 수 없는 말들로 타전해 주던 별들의 운행
을 따라 헤매다 천문天文, 그 비밀의 문을 살짝 엿보고 말
았는데


돌고, 돌아

천신만고 끝에 내가

숨어들

## 사춘기


삼덕 성당 지나
대구 교도소 붉은 벽돌담 지나

학교에서 집으로 돌아오는
골목길 지나올 때에
쫓기는 듯
발걸음이 빨라지고 내 가슴은 두근거렸지

댕 댕

죄의 면죄부가 삐라처럼 뿌려지는 걸 거부하고 싶었을까

종소리에
내 안에 없는 하느님의 부름도 아니고
죄의식은 더더욱 아닌 것이 하얀 종아리를 타고 올라와
발걸음을 재촉했던 것

엄마 배 속에서부터
내 수인 번호는 0
양수처럼 아늑한, 알 수 없는 불안이 날 키우고 길들였어

내 안의 그 괴물이랑

학교에서 그 애만 보면
얼굴이 새빨개지고 가슴이 콩닥대는 증세는 비슷해서 헷
갈리긴 했지만

단발머리는 창살 없는 감옥 같고
수업 시간 책상 밑에 숨겨 놓고 읽는 『죄와 벌』처럼
누군 죄를 짓고
누군 벌을 주고

아무도 아브락사스*가 날아간 행방에 대해선 가르쳐주
지 않았으므로

학교 담장을 몰래
타 넘어
시를 훔치기 시작했지

---

\* 아브락사스: 헤르만 헤세의 『데미안』에 등장하는 신의 이름. "새는
　신에게로 날아간다. 그 신의 이름은 아브락사스다. 신이면서 동시에
　악마인"이라는 구절이 있음.

# 저 문지방을 넘으면 저승일까


한밤중에, 꿈도 아니고 생시에
귀신이 나타나 자꾸만 따라가자고 하더란다
가기 싫은데
정말 따라가기 싫은데
무서워 방문 앞에 쪼그리고 앉아 밤을 꼴딱 새웠다 늙
은 엄마는


중풍에 걸려
방구들 귀신과 터놓고 산 지도 십 년,
꽃 핀 데 꽃 피듯이
지난봄엔 폐암까지 찾아왔는데


온종일 텔레비전하고나 친구 하다가
오줌이 마려워
방 한쪽 구석
이동 변기에 앉아 볼일이라도 보고 있을라치면


화면 속 사람들이
'저 할마시는 맨날천날 방구석에만 처박혀 있노?'
쑥덕대는 소리가 들리더란다

&gt;

그렇게 섬망이 찾아온 이후로

엄마는

보자기에 뭔가 주섬주섬 싸서 서랍장 위에 올려놓기 시
작했다

보기 싫다고, 그런 거 올려놓으면 자꾸 귀신이 보인다고
말려도 막무가내

그 분홍 보자기를

아무도 열어보지 않았지만

'사는 기 따분한데, 딱 없어졌으면 좋겠다'고

원망처럼 넋두리처럼

빈방에 오도카니 남을

엄마 가고 나면

## 맨발
—추학서[*]




　외할머니는 늘 맨발이었어요 자다가도 발소리가 나면 벌떡 일어나 맨발로 뛰어나갔지요 한겨울에도 찬물에 목욕재계하고 산에 가서 불공드리고 새벽녘에야 돌아올 때에 몸에서 촛불 냄새가 났는데요 쓰러질 듯 아랫목에 누운 고단한 몸이 촛농처럼 굳어버려 다시는 못 깨어날 것만 같았어요

　동짓날 밤이었나, 우리 집 마당에서 굿판이 벌어졌지요 꽁꽁 언 달빛이 왼새끼를 꼬아 금줄을 치고, 대낮처럼 환하게 등불이 걸렸어요 향냄새며 음식 냄새가 동네방네 귀신들을 불러 마치 잔칫집 같았는데요 둥둥 두둥둥, 깽깽 깨갱 깨갱, 북소리 꽹과리 소리에 맞춰 알록달록 화려한 옷을 입은 무당이 정충정충 뛰면서 춤을 추기 시작했어요 방울을 쥔 손을 올렸다 내렸다 할 때마다 방울 소리가 요란했지요 근데, 갑자기 그의 눈빛이 이상했어요 어른들 뒤에 숨어 구경하던 나는 무서워 하마터면 오줌까지 지릴 뻔했지요 소지 연기가 올라가고 식칼이 던져지고…… 무어라 알 수 없는 말로 중얼대는 무당 앞에서 외할머니는 손을 싹싹 비벼대며 연신 머리를 조아렸어요 성주신 터주신 칠성님 조왕님…… 제발 내 아들 돌아오게만 해주소 청천벽력도 유분수지 전사 통지서가 웬 말이오 천금 같은 내 새끼, 만금 같은 내 새끼…… 외할머니는 목이 메어 말도 못 하고 학서야, 학

서야⋯⋯ 이름만 부르고 또 불렀는데요

* 추학서: 외삼촌의 이름.

나비


벌건 대낮에
얼굴을 파묻고 도무지 끝날 줄 모르는

누가 가까이 다가가는 줄도 모르고 본능에만 충실한
몰입의 경지에 빠져본 적 있나

꽃은 나비를 모르고
나비도 꽃을 모르고

꿈틀거리며 바닥을 기어 다녀야 하는 비참으로부터 벗
어나기 위해
나비는 제 몸의 일부를 찢고 또 찢었겠지

고작 2주,
생生의 화려한 외출을 위해
어둠의 혼돈 속에 웅크리고 있었겠지

이 꽃
저 꽃, 염문은 꼬리에 꼬리를 물고

>
주막에 들렀다
눈 맞아 나눈 하룻밤 사랑처럼

비에, 젖어도
젖지 않는 슬픔처럼

맨발의
영혼이 되어 춤춰 본 적 있나

당신

# 진골목 간다


제삿날이면 시어머니가
곳간 열쇠 꾸러미 꺼내 보듯 주절주절 이야기 풀어내던
시집살이며
옛 기억 더듬어


진골목* 간다


경상도 말로 하도 질어서 진골목이라는데
골목길은
육개장, 빈대떡, 수육, 콩나물밥…… 식당 간판을 달고
행인들 옷 소맷자락을 잡아끄느라
냄새를 피워 대고 있다


한때, 토착 지주였던 달성 서씨들의 세거지였다는데
곳간의 그 많은 쌀알 흩어지듯
추풍낙엽 지듯
몰락의 길 걸어


더 이상 양반 골목은 없다

&gt;

아흔아홉 칸, 고랫등 같은 기와집들은 하나둘 쪼개져 팔
려 나가

고급 요릿집이나 요정으로 변하여

양반들 기침 소리 대신

기생들 교성과 밴드 소리가 밤새 흘러나오는 기생 골목
이 되었다가

윤락가로 전락했다가 이윽고,

먹자골목이 되었다


가문의 영광은 짧고


골목길 혼자 써 내려가는 변천사는 길다


* 진골목: 진골목은 '긴 골목'의 경상도 말씨로 '길다'를 의미하는 '질
  다'에서 기원한다. 대구 읍성의 남문이 있었던 구 대남한의원 사거
  리를 통과해 종로로 50m 정도 들어서면 우측으로 길게 뻗어 들어가
  는 골목이다. 감영시대에서 해방 전까지 이 골목은 대구 토착 세력
  이었던 달성 서씨들의 집성촌이었다.

# 첫 키스

캄캄한 동굴 속인 줄 알았는데
해안이야
비릿한 냄새가 진군해 들어오더군
군화 자국이 물새알처럼 선명하게 찍혔어
붉고, 말랑말랑한 박쥐가 날아오를 줄 알았는데
새끼 뱀들이 스멀거렸어
미친 파도의 혀가
출구를 몰라
휩쓸려 가 침몰하면서도 서로를 탐닉하는 타액들
시간의 숨소리만 앵두처럼
붉던, 그날 밤
공원은
빙글빙글 회전목마가 되어 어지러웠어

# 가끔 옥수수빵이 먹고 싶다

초등학교 때였다
급식 시간이면 옥수숫가루로 만든 빵을 나누어 주곤 했는데
가마솥에서 갓 쪄 내와 김이 모락모락 나는
그 빵이 먹고 싶을 때마다 생각나는 얼굴들이 있다
둘 다 고아였는데
친구들하고도 잘 안 어울리고 툭하면 잘 울었다
짧은 단발머리에
겨울이면 미군 담요로 만든 옷을 입고 왔는데
내복을 안 입었는지 교실 한쪽 구석에서 늘 바들바들 떨
고 있었다
나는 내 예쁜 옷이 싫었고,
맛있는 반찬으로 가득 찬 내 도시락이 싫었고
점심시간이면, 석탄 난로 위에 수북이 올려놓은
친구들의 도시락 냄새를 피해 슬그머니 교실 뒷문 밖으로
빠져나가는 그 애들의 뒷모습이 슬펐다
또, 종례 시간에
담임선생님이 가정환경 조사를 한다고
집에 자가용이며 피아노, 텔레비전 등등이 있는 사람은 손
을 들라고 했는데
난 싫었다
그냥, 부끄러웠다

숨바꼭질


어디로 갔을까
어디로 꼭꼭 숨어버린 걸까

이름을 부르고 여기저기 찾아보아도
아무도 없네

언제나 나는 술래였는데

그 많은 낮과 밤은
해와 달은 어디로 갔을까

양철 지붕을 건반 삼아 퍼부어 대던 격정의 소나기는, 홈통을 타고 떠내려가던 한여름 밤의 음표들은

시험지가 앞에 놓이자 갑자기 머릿속이 텅 비고 백지가 되어버렸는데, 잠에서 깨어나니 꿈이었는데
그 많은 슬픈 꿈들은

시냇물은 졸졸, 가재며 다슬기를 잡느라 햇볕에 깜둥이가 되는 줄 모르고 놀아도 넘쳐 나던 시간들은

&gt;

해 지고 어둑어둑한데

구슬 따먹기 하던 친구들은, 그 많은 오색 구슬들은 다
어디로

어디로 굴러가 버렸나

호스피스


누구나 한번은 가야 할 길
이곳은 죽음을 기다리는 집이죠
무섭고 가기 싫은 길이지만
이곳에서 죽음을 목격하는 일이란 너무나 쉽고 흔한 일
이에요
자동차 배터리를 교체하듯

이곳에 오려면
당신은 말기 암의 병명 하나를 수식어처럼 달고
더 이상의 희망 없음을 증명해야겠지만

이곳은
당신 생의 마지막 정거장
환불도 승차 거부도
할 수 없는 시간은 점점 다가오겠지만

종착역 없는 여행이 어디 있던가요
당신을 당신이게 했던 욕망도
미련도 다 두고
먼 길

떠날 채비를 해야 하죠

기차는 아직 오지 않고

베고니아가 있는 복도 창가에는 휠체어를 타고 산책 나
온 사람
나무 벤치에 앉아
건성으로 핸드폰을 들여다보고 있는 사람
꾸벅꾸벅 졸고 있는 사람들로 하여금 풍경은 늘 한가롭
기 마련인데요

갑자기 병실 안이 분주해지고
맞은편
바퀴 달린 침상이 임종실로 황급히 달려가네요
죽음이 전염이라도 된다는 듯
신속히 머리에 시트를 씌우고서

## '고비'라는 말

고비라는 말
참 눈물 나지요
지프는 사막 한복판으로 툴툴대면서 잘도 질주하구요
가도 가도 끝없는 불모의 땅
나도 당신의 고비가 되고 싶었는데요

무섭고 막막하고
외로움에 사무쳐 쩍쩍 금이 가고
말라비틀어진 검은 젖통으로 어린 낙타며 양들을 방목하던

아주 오래전
물고기와 고래 무덤이었을 땅이
짜디짠 제 속을 뒤집으며 지각변동을 하느라 수천만 번도 넘게
모래 산을 들었다 놓았다 했을

낙타 등 넘어가듯
그 많은 고비마다 흘린 눈물로
척박한 내 눈에도 백양나무 한 그루 자라고
월아천* 마르지 않는

눈물샘 하나 있는 것인데요

* 월아천: 둔황 명사산에 있는 오아시스. 이천 년 동안 한 번도 마르지
않았다고 함.

# 계단은 없는데


계단은 없는데
나는 뚜벅뚜벅

어둠의 장막을 찢으며 던져진 고양이 울음처럼
묵시黙示처럼

비상구로부터 칼금 같은 햇살이 새어 들어와 더욱 차갑고
딱딱해 보이는, 어두워서
아름다운

그는 너무 많은 발자국의 기억을 간직하고 있다
기억이란, 부지불식간에 찾아오는 불청객 같은 것

전생과 후생이 발원의 강으로 오가다 만나
불현듯, 내게로 오는 것인데
이 세상 새끼들 다 먹여 살리고도 남을 만큼 펑펑 젖이 돌아

한 오백 년 전이거나
오백 년 후거나
나 없는 시간 발소리에 잠들어도 잠 못 이루는

&gt;

그 큰 강울음이 삼수갑산을 돌고 돌아오느라 균열이 하
나 더 늘고

계단은 없는데
나는 뚜벅뚜벅

## 질문

나는 왜 '이쪽'보다 늘 금지된 '저쪽'이 좋았나
문명의 화려한 불빛 아래 서면 자꾸만 주눅 들고
약시가 되어 쩔쩔매는가
두 발 달린 짐승이면서
허공에 방 한 칸 얻어 가슴을 쥐어짜고
못살게 구나
희희낙락하나

침묵은 말들이 태어나는 자궁,
달변은 믿을 수 없으므로 내 사유의 더듬이는 더듬거리
다가도
먹이가 던져지면 맹금류처럼 맹렬해지나
천둥처럼
번개처럼, 그가 왔던가

왜 늘 울음 같은 질문만 있고 대답은 없는가

# 블랙리스트의 위기와 고독의 기표들

홍일표(시인)

강해림의 시가 태어나는 자리는 어둡고 은밀한 다락방이다. 그곳은 시의 성소이며 태 자리로서 시인의 '그리운 진원지'다. 시집 속으로 성큼 들어가 보자. 동일한 궤를 가지고 있는 시어가 몇 차례 반복적으로 등장한다. 자궁, 다락방, 동굴 등이 바로 그것이다. 모두 혼돈과 암흑이 숨 쉬는 공간이며 새로운 생명이 용틀임하는 장소이다. 본래 동굴은 여성의 자궁을 상징하고 죽음과 재생의 공간이라는 원형적 의미를 갖고 있다. 즉 동굴 안은 죽음의 공간이고, 동굴 밖으로 나오는 행위는 재생을 상징한다. 결국 이 시어들은 외형만 다를 뿐 하나의 의미 선상에서 호흡하는 시의 질료들로 시집의 중요한 축을 담당한다. 달리 말하면 강해림의 시를 견인하는 의미소들로 서로 연결되어 확장과 변주를 되풀이하면서 시집 전반을 주도적으로 이끈다. 생명의 탄생과 부활은 반드시 죽음을 전제로 한다. 죽음의 시간을 통과하는 시의 주체는 시집 곳곳에서 견디기 힘든 고통과 맞닥뜨리면서 "균열의 문장"(「시멘트」)을 제 몸에 새기며 삶의 진원지로 방향을 잡는다.

　밤이면 쥐새끼들이 놀러 와
　천장에서 소란을 피워 대고
　먼지 쌓인 잡동사니 사이로 바퀴벌레들이 출몰하기도
했지만
　내겐 작은 왕국

　30촉 백열등 희미한
　불빛 아래 앉아서 일기며 낙서 같은 걸 끄적거리며
　혼자 있는 자의
　은밀한 즐거움을 처음 느꼈던

　서랍만 하나
　달랑 달려 있을 뿐인 작은 앉은뱅이 나무 책상이
　유일한 내 친구

　내 최초의 유형지

　신의 식탁에서 쫓겨난 벌받은 것들은
　외롭고
　높고

쓸쓸하고

어쩌라고 아름다운 것들은 아득히 머나먼 어둠 속에서
혼자 놀고 있는지

창 너머
깜박깜박 알 수 없는 말들로 타전해 주던 별들의 운행
을 따라 헤매다 천문天文, 그 비밀의 문을 살짝 엿보고 말
았는데

돌고, 돌아
천신만고 끝에 내가
숨어들

— 「다락방」 전문

「다락방」은 "최초의 유형지"이고 바퀴벌레와 쥐들이 들끓
는 공간이다. 그러나 시의 화자에게는 "혼자 있는 자의/ 은
밀한 즐거움을 처음 느꼈던" 자리이고, 유일한 친구와 마주
할 수 있는 동굴이다. 그곳의 시간과 공간은 컴컴한 다락방
속에서 "창 너머/ 깜박깜박 알 수 없는 말들로 타전해 주던
별들"을 찾아 헤매는 원형의 순간인 동시에 궁극적으로 깃
들어야 할 자궁으로서 기능하는 매개물이다. 「맹목」이란 시
에서도 "동굴 입구가 막히고 그 안에 고립되어 살면서/ 어
둠과 배 맞았을 거야"라는 진술을 발견할 수 있고, 「번개」
라는 작품에서도 "상승과 분열을 꿈꾸던 자궁"이라는 표현

을 통해 시적 화자의 정서적 지향점을 드러낸다. 「밀봉」의 첫머리에서 "스스로를 장사 지내고 관 뚜껑 같은 방에 나는 담겨 있다"는 고백도 동일한 의미 선상에 놓이는 심상이다. 이러한 시의 지형도를 살펴볼 때 강해림의 시는 원형적 사유를 바탕으로 개인의 서사를 보편적 심상으로 확장, 심화시키면서 시의 내부를 풍요롭게 한다. 또한 그의 시는 단순히 개인의 일상을 단선적으로 그리거나 먼 과거의 삶을 소환하여 소소한 감상으로 마무리 짓는 여타의 시들과는 큰 차이를 보인다. 이와 같은 시의 특징들이 강해림 시가 갖는 미덕이라 할 수 있다.

강해림 시의 또 다른 일면을 보자.

이백만 년도 더 된 동굴 호수에 물고기가 산다
눈이 없다

오래전에 퇴화해 버려 눈이 있던 자리가
푹 꺼져있다
폭격 맞은 집처럼

눈은 더 이상 볼 것이 없으므로
쓸모가 없으므로

어둠은 어둠이 아니었을 거야

그 최초의 어둠

동굴 입구가 막히고 그 안에 고립되어 살면서
어둠과 배 맞았을 거야

완전한 어둠 속에서 수수만년을
함께 뒹굴며
엉켜 살다 보면 시간이 가는지 오는지도 모른다는데

안 보일수록
환한,

청맹과니
널 향한
나의 사랑이 그러했을 거야

이 도시 저 도시로 창궐하는
페스트처럼

막 불붙기 직전의
성냥개비처럼

파멸, 그 무모한
황홀처럼

—「맹목」 전문

이 시를 읽다 보면 가장 순수한 심장을 가진, 인화성이 강
한 '원초'라는 낱말에 활활 불이 붙는다. 그 순간은 조건도

이유도 없다. 휘황한 빛에 아무것도 보이지 않는다. 맹목이다. 청맹과니다. 그리하여 마침내 눈먼 사랑이다. 엘리아데는 『신화 · 꿈 · 신비』에서 모든 위대한 시인은 세계를 다시 만든다고 했는데 시에서의 세계 창조는 초유의 사건이며 기존의 어떠한 논리로도 접근할 수 없는 전대미문의 사태이다. 시의 주체는 늘 바깥을 꿈꾸고 '금지된 저쪽'을 향한다. 그곳은 시가 태어나는 자리이고 불온한 자리이며 새로운 우주가 꿈틀거리며 요동하는 장소이다. 얼핏 사랑이지만 결국 화자는 시를 향한 일념과 '황홀'을 이야기한다. 사랑이 그렇듯 시가 발생하는 순간도 예외가 아니다. 일체의 관습과 고정관념을 타파한 자리에서 희귀식물처럼 돋아나는 것이 시라는 생명체다. 그리하여 아름답고 어기찬 사랑 시로만 읽을 경우 이 시는 좀 억울하겠다. 사랑이 하나의 도발이듯 시 또한 하나의 도발이며 혁명이다. 결국 시와 사랑은 "무모한/ 황홀"을 향해 돌진하는 야생의 심장이라 하겠다. 성급하게 문 닫지 말고 더 많은 상상들이 오가게 문을 활짝 열어두자. '맹목'이 맹목이게 하자.

　　변화무쌍한 당신, 이라고 쓴다

　　죽은 듯, 백 년이고 이백 년이고 뜨겁게 판을 달구느라
　안으로만 펄펄 끓고 있는 불의 고리는

　　낫으로 허리를 찍어봐라 내 안의 마그마, 순결한 분노의
　질주를 멈출 순 없는 것

더 이상 먹을 것이 없어지면 자기 자신마저도 삼켜버리지 어둠을 향해 미친 듯이 돌진하는 성난 하이에나 혹은, 빛의 전사

유황 냄새 비릿한 흰 연기 사이로 그토록 격렬했던 당신을 본 것 같기도 했어 새벽, 미열로 남아 화끈거리는 당신이라는 화흔火痕

불기둥이 치솟고, 불의 땅이 요동쳤지 균열과 균열 사이로 시뻘건 불덩이가, 불의 짐승들이 일사불란하게 달려갔어

따뜻한 밥을 짓고 향을 피우던 손으로 활활, 태우고 또 태우던

부디, 다 타고 아무것도 남지 않기를

—「불의 묵시록」 전문


뜨거운 에너지가 느껴지는 시다. 하나의 사물에 대한 정밀한 탐색의 결과물이지만 관념에 머물지 않고 힘차게 약동하는 시다. 강해림 시는 사물에 대한 입체적 사유가 큰 울림으로 확산되는 경우가 많다. 이 또한 강해림 시의 매력이다. 「비」「번개」「지렁이에 대한 명상」「너의 이름은 블랙」「폐차 천사」 등이 그 예다. 대체로 사물시는 단면적으로 접근할 때 실패의 확률이 높고 상투화에 빠질 위험이 크다. 그

러나 강해림은 표현상의 위험을 잘 극복하여 울림이 큰 시로 형상화하여 공감을 이끌어낸다. 「불의 묵시록」은 "순결한 분노의 질주"를 기록한 서사물이다. "빛의 전사" "불의 짐승들"이 엮어내는 눈부신 교향악이며 오페라다. 불의 근육이 꿈틀거리며 내달리는 곳은 어디인가. 그곳은 폐허를 견디고 온몸을 불태운 자리에서 솟아나는 신생의 삶이 있는 곳을 말한다. 강해림 시인은 변전과 비약의 이미지를 통해 궁극적으로 가닿고자 하는 삶의 방향과 위치를 드러내고 있다. 그가 돌파하고자 하는 삶의 한계, 그 너머에서 활짝 개화할 "미지의 첫 문장"(「미혹」), 시의 꽃 덤불에 대한 설명은 이쯤에서 줄이자. 그것이 이 시에 대한 예의라 하겠다.

강해림 시인의 시선이 현실에 가닿을 때도 어김없이 나타나는 예리한 촉수가 있다.

장미가 꽃 피우기를 거부하고 묵언 시위를 했더니

동네 약국의 약들이 서로 색깔과 출신 성분이 다르다고 같은 진열장에 있기를 거부했는데

산에 가서 물고기를 찾고 강에 가서 나무를 찾았더니 불순분자라나 뭐라나

손바닥으로 하늘을 가리고 시치밀 뚝 떼었더니

혹자는 길들여지지 않은 눈을 두려워했으므로, 퇴폐라

는 딱지를 붙여 버렸는데

　먹구름들끼리 심심해서 삼삼오오 몰려다녔는데 수상한
거래의 정황이 포착되었다나 어쨌다나

　검열에 걸리고도 의기투합한 문장들이 조롱과 풍자로
누군가의 심기를 불편하게 했다고

　밤의 기밀문서를 빼돌린 손목들은 대부분 화사했는데
자고 일어나니 주홍 글씨가 새겨지고

　머리에 빨강 물을 들이고 집회에 나갔더니, 아 글쎄
　　　　　　　　　　　　　　　　　　　―「블랙리스트」 전문


　시는 익숙한 문법으로부터의 일탈이다. 반복이나 답습을
거부하는 곳에서 시는 최초의 얼굴을 가지고 나타난다. 황
현산은 김수영의 시를 거론하는 자리에서 그의 시가 높이
평가되는 이유는 기존의 개발된 코드나 지적 체계에 따라
조직된 것이 아니기 때문이라고 지적한 바 있다.
　오늘의 시도 예외가 아니다. 내용과 형식은 늘 새롭게 창
조되어 이전과는 다른 방식으로 독자를 찾아간다. 당대의
언어 체계나 인식의 관습으로부터 자유로워진 시들이 언제
나 새로움을 통해 존재의 근거를 갖게 되듯 강해림 시인도
부단히 그런 위치에 몸을 세운다. 그가 「블랙리스트」를 끌
어안은 이유도 그 때문이다. 거부, 불순분자, 퇴폐, 조롱과

풍자, 주홍 글씨 등의 시어들은 현실 비판적 시선들이 응집된 것들로 작품 속에서 경동맥의 역할을 한다. 이 시를 통해 강해림의 시가 갖는 정서적 영역이 넓다는 것을 확인할 수 있다. 「가짜 뉴스」「놈」 등에서도 비판적 시선을 견지하면서 사회적 현상에 대해 예리한 풍자의 촉수를 빛내고 있고, 「슬픈 연대」「고독이 말 걸어왔다」 등에서 역병이 창궐하는 현실에서도 존재에 대한 내밀한 탐색을 이어가고 있다. 이러한 일련의 작업들이 현실과 삶을 변화시키는 동력이라는 것을 말하고 있는데, 그 덕분에 시는 사회의 부정적 시스템을 고착시키지 않으면서 희귀하면서도 유일무이한 생명체로 살아있는 것이다. 여전히 시는 세계와의 부단한 싸움을 통해 쟁취하는 혈서이다.

강해림 시인의 시선이 머무는 또 다른 곳이 있다. 「그토록」「맨발」「저 문지방을 넘으면 저승일까」「끝내 버리지 못하고 가지고 갈」 등의 작품에서 시의 주체는 혈연의 아픈 서사를 이야기한다.

한밤중에, 꿈도 아니고 생시에
귀신이 나타나 자꾸만 따라가자고 하더란다
가기 싫은데
정말 따라가기 싫은데
무서워 방문 앞에 쪼그리고 앉아 밤을 꼴딱 새웠다 늙
은 엄마는

중풍에 걸려

방구들 귀신과 터놓고 산 지도 십 년,

꽃 핀 데 꽃 피듯이

지난봄엔 폐암까지 찾아왔는데


온종일 텔레비전하고나 친구 하다가

오줌이 마려워

방 한쪽 구석

이동 변기에 앉아 볼일이라도 보고 있을라치면


화면 속 사람들이

'저 할마시는 맨날천날 방구석에만 처박혀 있노?'

쑥덕대는 소리가 들리더란다


그렇게 섬망이 찾아온 이후로

엄마는

보자기에 뭔가 주섬주섬 싸서 서랍장 위에 올려놓기 시
작했다

보기 싫다고, 그런 거 올려놓으면 자꾸 귀신이 보인다고
말려도 막무가내


그 분홍 보자기를

아무도 열어보지 않았지만

'사는 기 따분한데, 딱 없어졌으면 좋겠다'고

원망처럼 넋두리처럼

빈방에 오도카니 남을

엄마 가고 나면

　　　　　　—「저 문지방을 넘으면 저승일까」 전문


　대개 개인의 서사는 객관적 거리를 확보하지 못하고 감
상에 함몰되거나 회상의 범주를 맴돌다 마무리 짓는 경우가
많은데 이 시는 대상과의 적정한 거리를 유지하면서 시적
긴장을 늦추지 않는다. 「끝내 버리지 못하고 가지고 갈」에
서도 일정한 텐션으로 작품의 완성도를 높이고 있다. 자칫
정서의 과잉으로 흐를 수 있는 지점에서 화자는 살짝 방향
을 틀어 긴 여운으로 시를 마무리한다. 육친에 대한 애틋한
정과 안타까움을 사실적 진술을 통해 성공적으로 표현한 것
이다. 다음에 인용한 「그토록」에서는 "임종을 앞두고 끝내
말문을 닫은 엄마"를 소환한다. '그토록'이란 시어에는 말로
표현하기 힘든 시적 정서가 응집되어 있듯 화자 역시 작품
속에서 어머니의 삶을 다각적으로 드러내면서 대상과 주체
의 정서적 교응으로 연결시킨다. "통점과 통점이, 서로 견"
디는 정황은 이 시의 극점으로 시의 비장미를 고양시킨다.


　임종을 앞두고 끝내 말문을 닫은 엄마의 눈빛은 깊고 완
강했는데, 아무도 들일 수 없는 빈 헛간처럼

　세상에 온 적도 없고, 오지 않을 슬픔도 슬픔이어서

오랜 세월 지하 생활자였던 매미는 죽기 전에 짝짓기를
하려고 그토록 그악스럽게 울어대더니

어떤 신神은 형상이 누런 자루 같다 붉기가 빨간 불꽃 같
고, 얼굴이 없다 다시, 산해경을 읽는 밤이면 신의 영역, 인
간의 영역이 따로 없다 당신도 나도 반인반수다

그러니까, 그날 방 안에선 아무 일도 일어나지 않았다
고독사라고 말하지 마라 고독이란 결코 공개될 수 없는 것

비좁아 터진 닭장 속에 갇혀서도 닭들은 먹고 자고 배설
하고 알을 낳고 서로 피 터지게 싸우기도 했는데

엉덩이 종기에 입을 대고 빨아도 지 새끼 건 더러운 줄 몰
랐지 골병들어도 모르고 등골 빼먹어도 모르고

바퀴벌레란 놈은 대가리가 잘려 나가도 스스로 신경을
차단해서 고통을 느끼지 못한다지 사랑을 잃고, 온몸에 가
시가 돋았는데

통점과 통점이, 서로 견딘다

—「그토록」 전문

지상의 삶을 영위하면서 온갖 산고와 좌절의 순간에도 숨
길을 열어주는 것이 시의 역할이라 한다면 강해림은 소중한
무기 하나를 갖고 있는 셈이다. 아주 작고 미미한 생의 기

척일지 모르나 그것은 재생과 구원의 계시로서 존재의 내부에서 분출하는 광휘이다. 그 빛을 따라 낯선 길을 걸어가고 있는 시인은 자신이 창조한 세계에서 존재의 근거를 확보하게 된다. 결국 시를 쓰는 것은 영원한 블랙리스트의 위기와 맞서 싸우는 일이며 그 과정에서 쟁취하는 것은 몇몇 고독의 기표로 나타나는 텍스트이다. 시는 세상과의 냉전을 통해 몰락과 좌절의 끝에서 최초의 표정으로 최초의 질문을 던진다. 싸우지 않고 타협과 순응만으로는 세계를 전복할 수도 없고 새로운 세계를 창조할 수도 없다. 이것이 시의 운명이다. 뛰어난 시적 감각과 시안을 가지고 있는 강해림 시인은 이후로도 "위기의 꽃"(「지뢰」)으로 살아갈 것이며 귀신고래를 기다리는 고독한 시의 사도로서 "불의 고문을"(「미혹」)을 견디어 불모의 땅에서 희고 곧은 "백양나무"(「'고비'라는 말」) 한 그루 키워낼 것이다.